T0310683

# There You Are

## The misadventures of an urban cat

by **Lenard Davis**

*AuthorHouse™*
*1663 Liberty Drive*
*Bloomington, IN 47403*
*www.authorhouse.com*
*Phone: 1 (800) 839-8640*



*This book is printed on acid-free paper.*

*ISBN: 978-1-7283-2583-5 (sc)*
*ISBN: 978-1-7283-2584-2 (hc)*
*ISBN: 978-1-7283-2582-8 (e)*

*Library of Congress Control Number: 2019913180*

*Print information available on the last page.*

*Published by AuthorHouse 09/11/2019*

authorHOUSE®

# There You Are!

***The misadventures of an urban cat***


**By Lenard Davis**

**Illustrated by Lynn Brown and Jasmine Lopez**

**Spanish Translation by Jaimeson Sonne**

**Edited by Beth Taylor's Third Grade Class**

**Phelan Elementary School, Phelan, California**

The humans were gone again and Livia was all alone. She didn't like being left by herself at all. Perched upon the balcony railing, Livia thought, "Why do *humans* always get to come and go as they please while I have to stay cooped up in this boring apartment?"

She gazed wistfully down at the busy street below where everything was so tiny. How she would love to chase those tiny little colored things that went back and forth along the ground. Livia did not know how big the automobiles really were: from where she sat, they seemed awfully small and she thought that they must be easy to catch. There was nothing left in the apartment to chase after; the mice had been caught a long time ago.

Livia was a Burmese cat who lived on the tenth floor of an apartment building in NewYork City. She didn't know that she was ten floors up because she did not know how to count—cats do not usually study arithmetic—nor did she understand how dangerous it would be to chase those colored things what whizzed along the street below. The humans had brought her to this place long ago when she was a tiny kitten. She did not remember being in any other place. Livia's entire world was the three room apartment where the humans kept her. There was the small balcony where she could go out and look way down at the busy street below. She could look upwards and to each side and see other balconies. She could also see across the way to another building which had still more apartments.

*Livia gazed wistfully down at the busy street below where everything looked so tiny.*

Once in a while, Livia would see another animal on the balcony below which she guessed must also be a cat. The other cat would meow to her and Livia would meow back. The other cat had once lived somewhere else and she would tell Livia stories about the world. To hear the neighbor cat describe the ground made Livia very excited and she wished very much to see it for herself.

But the humans would never take Livia when they went away. They would leave the apartment every day and they would be gone for ever so long. Once, they had even left Livia alone for a whole night! Of course, that had caused Livia to become very angry and she had clawed the sofa and upset the garbage pail in the food room. When the humans finally returned they had shouted at Livia and scolded her. It made Livia feel very unhappy. She had not deserved to be scolded or shouted at. Those humans should never have left her along in the first place, she thought.

The day after that, Livia tried to run away. The humans had opened up the door into the hallway and Livia dashed out of the apartment and down the corridor. But the humans quickly came after her and caught her. There had been nowhere in the hallway for Livia to hide. Ever since the attempted escape, the humans were very careful not to leave the door open. Try as Livia would to get out, the humans always managed to stop her.

***Livia was very angry that the humans were away so she clawed the sofa.***

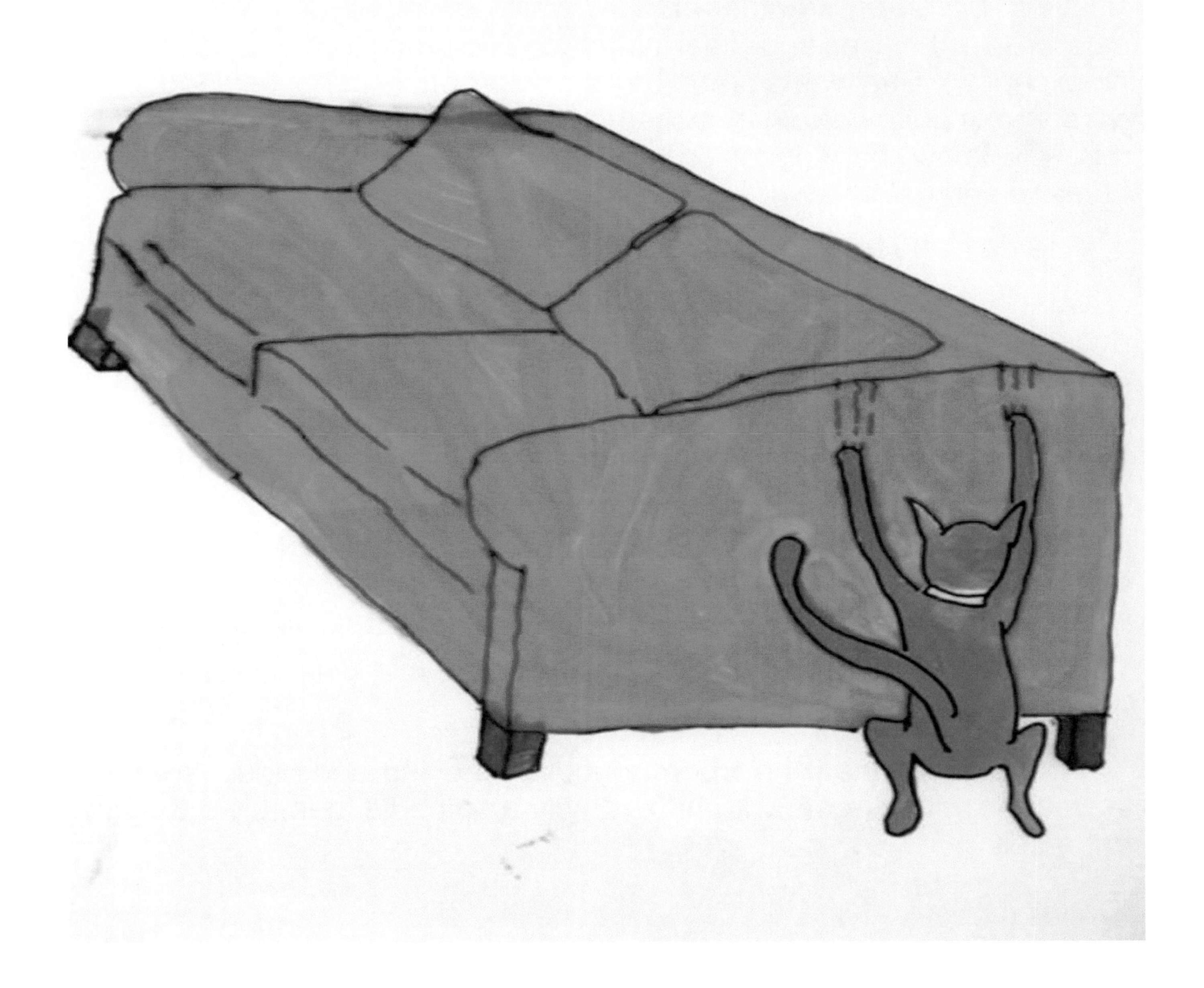

Even so, unlike other animals which eventually learn to behave, cats are very clever and determined to have their own way. Livia was no exception. She was a proud beast and probably of noble blood. Livia herself was quite certain that she had superior intelligence. Because of this, she knew that sooner or later she would be able to outsmart the humans and get away.

One day, she had her chance.

During some commotion in the food room, there was a knock on the door. The humans opened it and let in a strange human with a large canvas bag. He went into the food room and took some things out of his bag and he crawled under the sink. Livia decided that she liked this man. She also liked to crawl under the sink but she had never known a human who did such a thing and she was very surprised.

After a while, the man quit crawling around under the sink and he came out and began to put his things back into his big bag. Because she was a very smart cat, Livia had learned that when her humans packed things, it usually meant that they were going to go away.

Livia had an idea!

"I'll crawl into that bag when nobody is looking and hide. When he leaves, he will take me with him." It was a splendid idea, Livia thought to herself.

***"I'll hide in the bag," Livia thought to herself,***

***"and when the man leaves, he will take me away from here."***

The man turned away for a moment to talk with Livia's humans and Livia seized the chance to creep silently into the bag of tools. Soon, she suddenly felt the man lift up the bag and she bumped around inside of it as he walked to the door. Then she heard the door close.

Livia was going to get away at last!

Livia was a little scared to be in the dark bag and it felt rather funny with her bouncing around. It was also rather uncomfortable. The bag was filled with hard, cold tools and it really was quite an unpleasant place for a soft furry cat. But Livia waited so as to be certain that her escape would be successful so she stayed very still.

The man stopped walking and Livia suddenly had a funny feeling, as though the ground were falling away from underneath. Yet she remained firmly in place. How very odd it all was. The strange sensation lasted for a short time and ended with a soft thump. In a moment, the man began walking again. By this time, Livia had started to feel frightened for she had no idea as to where she was or what was happening to her.

Suddenly, she gave out a piercing shriek, "Meeeeeooooowwwww!"

She struggled to get out of the bag.

***When the man opened the bag, Livia bolted out.***

The human stopped walking and put down his bag. He opened his bag and peered inside just as Livia bolted out, nearly scratching him in the face. Although the man tried to catch her, he was not quick enough. In a flash, Livia was gone.

She dashed through an open front door and out into the street. She had made it to the ground. Livia was free!

But freedom had still to be won: the human was chasing her! Livia had to keep running. She ran straight out onto the pavement just a huge blue monster came rushing at her from her left side. Poor Livia did not know what a car was but there wasn't time to stop and figure it out. She had to get out of its path and quickly! She ran faster and reached the other side of the street. She looked back and saw that the human had stopped running after her.

Safely out of his clutches, Livia turned around to inspect her new environment. She was absolutely stunned! Nowhere to be found were the cute little colored things she remembered seeing scurrying back and forth which she had wanted to chase. Instead, there were these gigantic colored monsters which had humans inside of them. They whooshed by at astonishing speeds and they made loud gurgling noises and sometimes uttered horrible squealing sounds. Some of them belched unpleasant black smoke which made Livia's eyes watery.

***The gigantic colored monsters whooshed by at astonishing speeds.***

Gazing back at the building where she lived. She looked up at it but Livia could not tell which of the many balconies and windows were hers. Nor could she see her cat friend, anywhere.

“Well,” Livia said to herself after pondering the situation, “I wanted to get out and see the world. Now I am here and I shall see it!”

With that, she strutted away, a bit unsure as to where to go but very certain that she would have a very good time exploring. Very soon, however, she got into trouble. There were lots of humans walking along and one of them stepped on her. As she jumped away, she ran into yet another human. In an instant, she found herself entangled with several humans. She had never seen so many before and now they all were tripping over her and bumping into each other.

“Darn cat!” shouted one.

“Scat!” said another.

Livia did not know what the words meant but she knew that the humans were angry with her for being in their way and causing them to trip. She decided to run very fast and get away from them before they hit her or took her back to her apartment. She dashed into the street again.

A car same screeching to a halt and another one ran into it from behind. The human inside of the first car shouted at Livia and the human in the car behind it shouted at the first human. As the two humans shouted at each other, Livia continued across the street, amidst screeching tires and honking horns when she got in their way.

***The humans were tripping all over Livia.***

Not all of the big monster cars would stop and as Livia tried to cross the wide street, they whizzed by. Livia was terrified. Eventually, she made it to the other side of the busy street. It was the side where she lived and Livia decided that it would be smart to stay away from the traffic and not cross the street again. Besides, there were plenty of new sights to see on this side.

Livia spent the rest of the day carefully investigating all of the strange nooks and crevices between the buildings. She went around the building and into a shady alley and even saw some mice. Well, they were sort of like mice only they were three times bigger! In fact, *everything* was much bigger down on the ground than it seemed to be from the tenth floor. The giant mice were not only big but they were rather nasty and mean. They were not at all afraid of Livia. When she had tried to chase one, two others came after her from behind. One had tried to bite her tail but she was able to get away. They were no fun at all.

What kind of a world was it where mice were big and mean, and where they chased *you*? For the first time, Livia began to think that she ought to go home. So she left the land of the giant mice and trotted back around the corner to find her apartment building. But which one was it?

The tall buildings all looked the same to her. It dawned on Livia that she might be lost. Where was *her* building? Was she even on the right street? She wondered whether there were any other cats around who could help her? Maybe she could find one somewhere.

***Livia saw what she thought were mice but they were so much bigger and meaner than any mouse she had ever seen.***

Then again, maybe the giant mice had chased them all away.

Livia wandered around into another alley. Far down at the other end she saw some large bins with garbage heaped upon them. Sifting through the rubbish were some honest to goodness real live cats!

As Livia approached the other cats, they stopped foraging in the refuse and stared at her. Who was this foolish, pretty cat that dared to violate their territorial boundaries?

"Hello," said Livia when she came closer to the other cats.

"Hssssssssss!" retorted the alley cats. "Jusssst who do you think you arrrrrrrre? Thissssss is our domain. Go away or elssssse!"

"I beg your pardon," said Livia as politely as she knew how, "I am but a stranger here. I live in the apartment building around the corner."

"Izzat so?" said a big tom who was obviously the leader of the pack. He stepped forward and asked menacingly, "and *which* one do you live in?"

"I, I don't know for sure," Livia replied hesitantly, "I-I think I'm lost, actually."

"Hmmm," said the tomcat, "I see." He licked his chops and eyed the newcomer. She was obviously not a tough street cat and probably very innocent. "Are you sure that you're not a spy?" he asked her.

"Hssssss," said the alley cat when Livia came closer,
"Jussst who do you think you are?"

Livia blinked her eyes. She felt very nervous. These cats were not very savory looking characters and she especially did not trust this leader of theirs. She decided to make a quick exit. “Perhaps I have kept you for too long,” she said daintily, “I-I must be going now.”

“Not so fast, dearie,” said the tomcat. “Why don’t you stay for supper?”

Livia looked at the unappetizing garbage. “Oh, no!” she exclaimed. “I could never eat such… I mean, I wouldn’t dream of imposing.”

“But we have plenty of food,” said a fat cat in the rear.

“You must stay, gorgeous,” said a scroungy looking Siamese.

“It’s settled then,” announced the tomcat with a gleam in his eye.

“No, really,” Livia protested. “I should go.”

She turned around and began a hasty retreat. The other cats pursued her. Livia ran faster and faster but the other felines were quick on her tail. Livia hurried by leaps and bounds to escape her pursuers as they nipped at her heels. Just in the nick of time, she made it to the busy street—the other cats stopped at the end of the alley. They had learned long before before to avoid the traffic and the humans out there, no matter what.

“Whew!” Livia exclaimed with relief, “I had no idea what horrid creatures cats could be. I wish I were with my nice humans again.”

Livia continued across the street amidst screeching tires and honking horns.
SCAT

“But alas! Poor Livia could not tell which apartment building was hers. Even if she could, how would she get back into her own place again?” She did not know the way back into her own apartment because she had been hiding in the tool bag when she had come out.

Livia looked around and saw a small space behind a small, short wall. It was getting dark and she crawled into the space and tried to sleep in spite of the noise and commotion a few feet away. The night was very cold and even with her fur coat, Livia felt chilly. What was worse, she had had no food or water all day and she was hungry and thirsty. How she wished that she were at home where she had a nice her warm bed and a dish of tasty canned tuna which the humans would set out for her to eat. How she craved some nice cream or just a plain bowl of thirst quenching water. She began to realize how miserable she was out in the cold, cruel world. Livia resolved that if she ever did find her way home again, that she would never run away for long as she lived!

The next morning, cold, hungry and not very well rested, Livia peeked out into the sidewalk and slowly walked along. She was very confused. Livia walked and walked and walked. She walked around the block all day. She was afraid to cross the street anymore and so she ended up walking around and around, passing the same spot many times. She passed by the dreadful alley where the giant mice lived. She passed the frightening territory of the alley cats. She dodged the careless feet of hundreds of humans who scurried about thinking only of their own affairs and nothing of the plight of poor, lost Livia. None of them paid any attention to Livia.

***Livia couldn't figure out which building was the one where her humans lived.***

As the day ended, Livia realized just how tired she was. She crawled behind a large flower pot near a doorway into a building. It was a door that looked just like all the others into all the other buildings. Livia simply wanted a place rest.

Many humans walked by her, none of them noticing her at all. Some humans came out of the building and others went into the building. Livia noticed that one of the humans neither went in not out. The man just stood by the door and opened it for the other humans who were coming and going. He seemed to be a nice human. Maybe he would give Livia some food.

“Mew!” cried Livia softly, “Mew?”

“Well, well, well,” said the man, “What have we here?” He bent down and picked her up. “My, but you look very unhappy, little kitty, he said. “Where do you live?”

Livia didn’t really understand what the man was saying but she had a feeling that he was going to take care of her. She began to purr.

Just at that moment, two other humans appeared. The doorman opened the door for them with his free hand. The humans stopped and exclaimed; “Livia!”

The man stood
by the door and
opened it for
the humans
who went into
the building. He
seemed like a
nice man who
might give Livia
some food.
"Mew?" she
said.

Livia recognized her name and she knew the voices too. These were her humans!

“There you are!” said the female human. We’ve been looking everywhere for you. How did you get down here?”

“I found her crouched behind the plant there,” the doorman explained. “She’s yours, eh?”

“Yes!” replied one of the humans. “She disappeared yesterday morning. I was afraid she was gone for good.”

“Naturally Livia didn’t understand a word of this but she realized that her humans were glad to see her and that they were not going to shout at her this time. She was right. The humans took Livia back up to the apartment and cuddled and cooed her all the while. The male human said, “I’ll bet you’re hungry, little kitty. How would you like a nice bowl of cream? He picked up Livia’s food dish and filled it with the white, creamy liquid and set it down before her. The female human took a can out of the cupboard and, making Livia’s favorite sound with the can opener soon placed a dish full of delicious tuna fish in front of her. Later, they gave her little kitty treats and cuddled and held her all evening.

The humans were happy to have Livia home, safe and sound. Livia was happy, too. Before, she had never really appreciated the comfortable life she led. Now that she had seen the rest of the world, she knew that she was a very lucky cat. She never had the desire to run away from home again.

***The humans gave Livia a dish full of delicious tuna for her to eat.***

***Los humanos le sirvieron un delicioso platillo de atún.***

Livia reconoció su nombre y conocía las voces también. ¡Ellos eran sus humanos!

"¡Allí estás!" dijo la hembra. "Te buscamos por todas partes. ¿Cómo llegaste aquí?"

"La encontré acurrucada detrás de esta maceta," explicó el portero. "¿Así que es de Uds.?"

"¡Sí!" contestó uno de los humanos. "Desapareció ayer en la mañana. Temía que no regresara nunca."

Naturalmente Livia no entendía ni una palabra de lo que decían, pero sabía que sus humanos estaban contentos de verla y que no le iban a regañar esta vez. Tenía razón. Los humanos la llevaron al departamento mimándola en todo momento. El macho dijo, "Has de tener hambre, gatita. ¿Qué te parece una taza de crema?" Llenó una taza con un líquido blanco y cremoso, y la colocó delante de ella. La hembra sacó una lata de la alacena, y haciendo el favorito sonido de Livia con el abrelatas, le sirvió un plato de atún. Luego le dieron galletitas y mimos durante toda la tarde.

Los humanos estaban felices de tenerla en casa, sana y salva. Livia estaba contenta también. Antes no había apreciado la vida cómoda que gozaba. Pero ahora que había visto el mundo, ella sabía que era una gata muy afortunada. Nunca más tuvo el deseo de huir de la casa.

El hombre se quedó al lado de la puerta abriéndosela a la gente que iba y venía. Parecía simpático. Quizás le daría algo de comer. “¿Miau?” se aventuró a decir.

Al cabo del día, Livia se dio cuenta de lo cansada que estaba. Se acostó detrás de una maceta a la entrada de un edificio. La puerta se parecía a todas las demás puertas del vecindario. Simplemente quería un sitio donde descansar.

Muchos humanos caminaban por allí, pero ninguno le hizo caso. Algunos salieron del edificio y otros entraron. Livia se fijó que uno de los humanos no entraba ni salía sino que se quedaba parado abriéndole la puerta a la gente que iba y venía. Parecía ser un humano simpático. Quizás le daría algo de comer.

“Miau,” dijo Livia suavemente, “¿Miau?”

“Mira lo que tenemos aquí,” exclamó el hombre. Se agachó y la tomó entre sus brazos. “Pero mírate, gatita chiquita. Te ves muy triste. ¿Dónde vives?”

Livia no entendía lo que decía, pero pensó que la cuidaría. Comenzó a ronronear.

Justo en ese momento llegaron dos humanos. El portero les abrió la puerta con su mano libre, y los humanos exclamaron, “¡Livia!”

***Livia no sabía cuál de los dos edificios era de sus humanos.***

“¡Pero, ay!” La pobre no sabía cuál de los edificios era el suyo, y aun si supiera no sabría cómo llegar a su departamento. No sabía cómo regresar a su departamento porque se había escondido en la bolsa de herramientas al salir. Livia miró a todas partes y encontró un espacio pequeño detrás de un muro bajito.

Comenzaba a oscurecer así que se acurrucó en aquel rincón y trató de dormir un rato a pesar del ruido de la calle. Hacía frío en la noche aun con su abrigo de piel. Y lo peor era que no había comido ni tomado agua en todo el día. Cómo soñaba estar de vuelta en su casa donde tenía su propia cama y un plato de atún que los humanos le daban de comer. Se le antojaba una taza de crema o sólo agua pura para quitarle la sed. Se dio cuenta de su miseria estando fuera en el mundo frío y cruel. Livia se resolvió a no intentar escaparse otra vez en el caso de que encontrara su hogar.

Al día siguiente, fría, hambrienta y poco descansada, miró por la acera y comenzó a caminar lentamente. Estaba muy confundida. Caminaba y caminaba. Seguía caminando por la cuadra todo el día. Tenía miedo cruzar la calle así que daba vuelta tras vuelta pasando el mismo sitio una vez tras otra. Pasó por el maldito callejón donde vivían los ratones. Pasó por el miedoso territorio de los gatos callejeros. Evitaba las pisotadas de los centenares de humanos que caminaban distraídos pensando sólo en asuntos propios sin importarles la grave situación de la pobre perdida. Ninguno le hizo caso.

*Livia corrió al otro lado de la calle entre bocinas y frenos rechinando.*

Livia cerró los ojos. Tenía nervios. Estos gatos no eran muy amistosos, especialmente este macho. Era un tipo bastante antipático. Decidió irse de allí. “Con su permiso, ya debo irme,” pronunció en un suspiro.

“No tan rápida, querida,” dijo el macho. “¿Por qué no te quedas a cenar con nosotros?”

Livia miró la basura tan poco apetecible. “¡Ay, no!” exclamó, “No podría comer yo...digo no quisiera incomodarles.”

“Pero si nos sobra comida,” dijo un gato gordo en el fondo.

“Debes quedarte, guapa,” dijo un siamés con pinta pordiosera.

“Ya estamos de acuerdo entonces,” anunció el macho con un brillo en el ojo.

“No, de veras,” protestó Livia. “Debo irme.”

Se dio vuelta y comenzó a correr. Los otros gatos corrieron tras ella. Corría cada vez más rápidamente, pero los otros felinos le siguieron el rastro. Ella daba saltos para escaparse de sus acosadores y justo a tiempo llegó a la calle llena de vida. Los otros gatos se detuvieron al final del callejón. Ellos habían aprendido a evitar el tráfico y los humanos a todo costo.

“¡Dios mío!” exclamó Livia con alivio, “No tenía idea de lo horrible que podían ser los gatos. Ojalá estuviera con mis humanos otra vez”.

*El gato callejero soltó un fuerte bufido cuando Livia se acercaba.*

*“¿Y tú, quién te crees?”*

Pero a lo mejor los ratones gigantescos los habían espantado.

Livia vagaba entrando en otro callejón. Muy lejos al otro lado vio unos botes llenos de basura. ¡Buscando entre la basura había unos gatos de verdad!

Al acercarse a los otros gatos, ellos dejaron de cazar comida entre la basura y se quedaron mirándola. ¿Quién era esta gata bonita y necia que se atrevía a entrar en su territorio?

“Hola”, dijo Livia, al aproximarse a los otros gatos.

Los otros gatos soltaron un fuerte bufido. “¿Quién te crees tú? Este es nuestro territorio. ¡Lárgate de aquí!”

“Disculpen,” respondió Livia en la voz más mansa que tenía, “Soy extranjera. Vivo en el departamento a la vuelta”.

“¿Ah, sí?” dijo un macho que obviamente era el líder de la manada. Se acercó amenazador y preguntó, “¿Cuál es tu departamento?”

“Pues, no estoy del todo s-s-s-segura,” respondió Livia vacilando. “De hecho, pienso que estoy perdida.”

“Mmmmmmm,” contestó el macho, “Entiendo.” Devoraba la recién llegada con la vista. Obviamente no era tan callejera sino más bien inocente. “¿Segura que no eres espía?” le preguntó.

*Livia vio lo que pensó ser ratones, pero eran mucho más grandes y asquerosos que los que había visto antes.*

No todos los carros monstruosos paraban mientras intentaba llegar al otro lado de la calle ancha. Era al otro lado donde vivía y ella pensó que sería buena idea alejarse del tráfico y no cruzar la calle otra vez. Además, había tanto que ver en este lado.

Livia pasó el resto del día investigando cada rincón entre los edificios. Rodeaba el edificio y se encontró en un callejón sombreado. Aun vio unos ratones. O por lo menos parecían ser ratones, ¡sólo tres veces más grandes! De hecho, todo era mucho más grande de lo que parecía ser desde el décimo piso. Los ratones gigantescos no sólo eran grandes sino que también eran malos y asquerosos. No le tenían miedo y cuando Livia intentó corretear tras uno, llegaron otros dos tras ella. Uno trató de morderla en la cola pero afortunadamente se zafó. No eran divertidos en absoluto.

¿Qué tipo de mundo era donde los ratones eran malos y asquerosos y donde corrían tras uno y no al revés? Por primera vez, Livia pensó que sería buena idea regresar a casa. Así que dejó el barrio de los ratones gigantescos, trotó al otro lado del edificio y dobló en la esquina para buscar su departamento. ¿Pero cuál edificio era?

Los edificios tan altos parecían todos iguales. Se le ocurrió que tal vez estaba perdida. ¿Dónde estaba el edificio de su departamento? Ni sabía si estaba en la calle correcta. Se preguntó si habría otros gatos por ahí que la pudieran ayudar. Quizás podría buscar uno.

***Los humanos tropezaron entre sí y sobre Livia.***

Mirando hacia el edificio donde vivía, no adivinaba cuál de los muchos balcones era el suyo. Tampoco veía a su amigo, el gato vecino.

“Pues, quería salir a ver el mundo”, se decía al ponderar su situación. “Ahora que estoy aquí, lo voy a ver”.

Con todo eso, merodeaba, sin saber adónde ir pero segura de que pasaría un buen rato explorando. Muy pronto, sin embargo, se metió en problemas. Se encontraba entre muchos humanos caminando por la acera, uno de los cuales la pisó. Dio un salto, y chocó contra otro humano. Se encontró en un mar de humanos. Jamás había visto tantos juntos en un mismo lugar, y ahora se tropezaban entre si y ella.

“¡Maldito gato!” gritó uno.

“!Fuera de aquí!” balbuceó otro.

Livia no entendía las palabras, pero sabía que los humanos estaban enojados con ella por estorbar el camino y causar tropiezos. Se decidió a correr muy rápido para alejarse de ellos antes de que le pegaran o pudieran llevar de vuelta al departamento. Se dirigió a la calle otra vez.

Un carro frenó de repente causando que otro lo chocara de atrás. El humano del primer auto le gritó a Livia mientras el del segundo auto le gritaba al primero. Mientras tanto Livia siguió cruzando la calle entre bocinas y chillidos.

***Los monstruos gigantescos de varios colores pasaban a velocidades astronómicas.***

El humano dejó de caminar y bajó la bolsa. La abrió y miró hacia dentro justo en el momento en que Livia salió corriendo. Casi le rasguñó en la cara. A pesar de intentar atraparla, ella era más rápida que él, y en un instante ella desapareció.

Corrió por una puerta abierta y salió a la calle. Había logrado llegar a la planta baja.¡Estaba libre!

¡Pero su libertad estaba en peligro porque el hombre corrió tras ella! Seguía corriendo hasta llegar a la calle cuando vio un gigante monstruo azul acercándose a su izquierda. La pobre no sabía lo que era un auto, y no había tiempo que perder para aprenderlo. Tenía que apurarse y salir del camino. Corrió más rápidamente hasta llegar al otro lado de la calle. Miró hacia atrás y vio que el humano ya no corría tras ella.

Segura de sus garras, Livia se dio vuelta para examinar el nuevo ambiente. ¡Se quedó totalmente atónita! No veía en ninguna parte los pequeños objetos coloridos que recordaba haber visto desde su balcón. En vez, había monstruos gigantescos de varios colores con humanos adentro. Corrían a velocidades astronómicas y hacían sonidos de gorgoteo, echando humo negro que le hacía llorar los ojos.

***Cuando el hombre abrió la bolsa, Livia salió corriendo.***

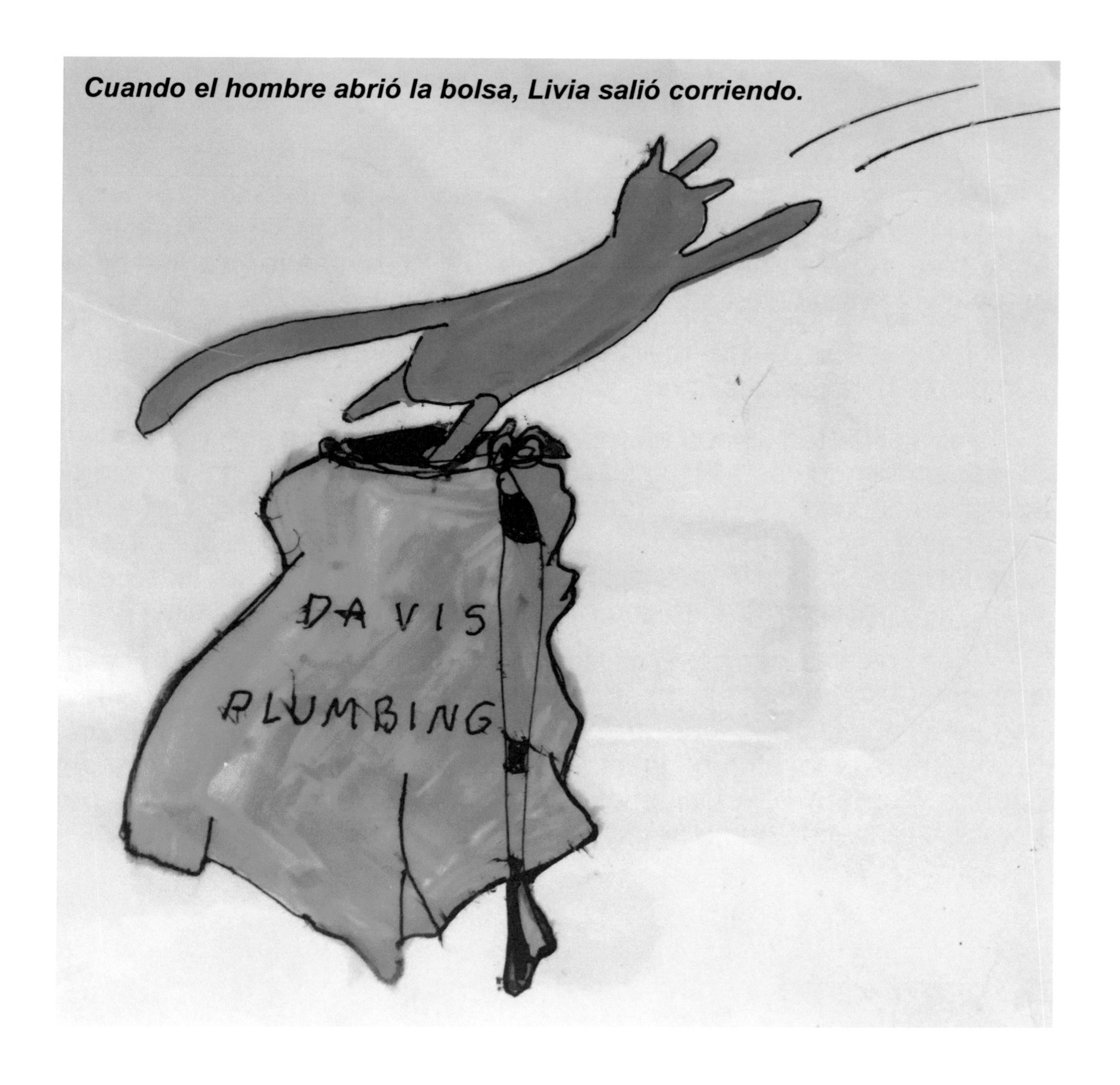

El hombre se dio vuelta para hablar con los humanos mientras Livia tomó la oportunidad de meterse en la bolsa de herramientas, despacita y silenciosamente. En un abrir y cerrar de los ojos sintió al hombre levantar la bolsa, moviendo y golpeándola mientras caminaba a la puerta. Entonces, escuchó el cerrar de la puerta.

¡Estaría libre por fin!

Le daba un poco de miedo estar en la oscuridad de la bolsa, y le daba náuseas el movimiento. Además le pareció bastante incómodo. La bolsa contenía herramientas duras y frías, y le resultó un sitio muy poco agradable para una gata suavecita y peluda. Sin embargo, Livia esperaba quieta para que su huida saliera exitosa.

El hombre se detuvo y Livia experimentó una sensación curiosa, como si el piso se cayera hacia abajo. Mas se quedó quieta en la bolsa hasta que escuchó un golpe. En ese momento, el hombre siguió caminando. Livia comenzaba a tener miedo ya que no tenía idea de lo que pasaba.

De repente soltó un alarido penetrante, “¡Miiiiaaaaauuuuuuuuuu!”

Luchó por salir de la bolsa.

***"Me meteré en la bolsa", pensó Livia para sí,***

***"y cuando el hombre se va, me llevará lejos de aquí".***

Aún así, a diferencia de los otros animales que eventualmente aprenden a comportarse, los gatos son muy astutos y determinados a salir con lo suyo. Livia no hacía la excepción. Era una bestia orgullosa y probablemente de sangre noble. Ella estaba segurísima que tenía una inteligencia superior. A causa de esto, ella sabía que tarde o temprano lograría ganarles a los humanos y escaparse.

Un día, le llegó la oportunidad.

Había una conmoción en la cocina, y alguien tocaba la puerta. Los humanos abrieron y dejaron entrar a un extraño con una bolsa grande y gruesa. Fue a la cocina, sacó algunas cosas de la bolsa y se metió debajo del fregadero. Livia decidió que no le caía bien este hombre. A ella también le gustaba explorar debajo del fregadero, pero no conocía un humano que hiciera tal cosa y le extrañó verlo.

Después de un tiempo, el hombre salió de allí abajo y comenzó a poner sus cosas de vuelta en la bolsa de herramientas. Pues, siendo una gata muy lista, Livia sabía de experiencia que cuando sus humanos se empacaban las cosas, quería decir que se iban muy lejos.

¡Esto le dio una idea!

“Me meteré en la bolsa del señor cuando no vean y allí me esconderé. Entonces cuando él se va, me llevará consigo”. Era una idea espléndida, pensó.

***Livia se enojó tanto con los humanos por haberse ido que rasguñó el sofá.***

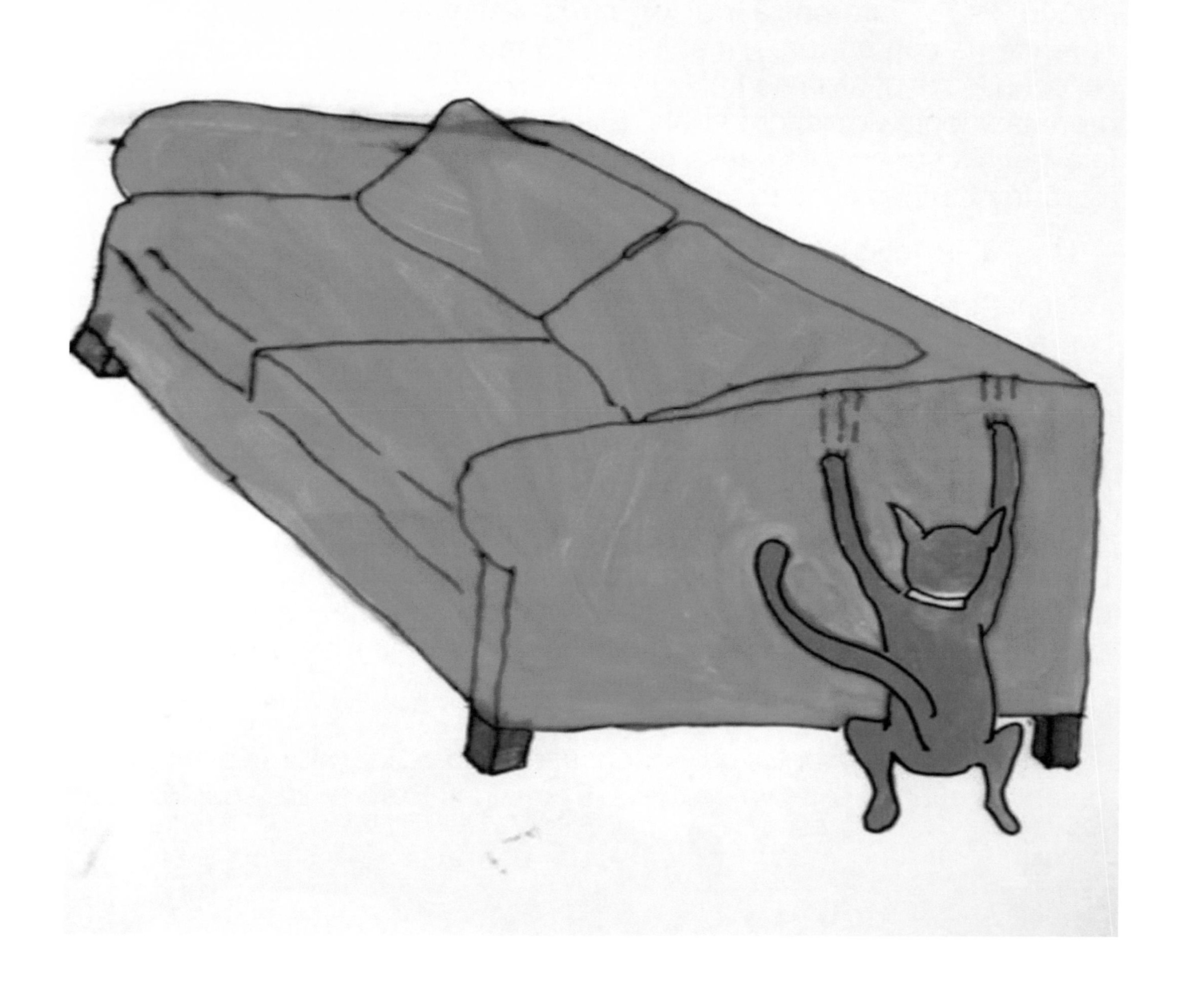

Había un pequeño balcón a donde podía salir y mirar hacia abajo, a la calle llena de vida. Podía mirar hacia arriba y a ambos lados también donde veía otros balcones. Además podía ver otros edificios que tenían aún más departamentos. De vez en cuando veía algún otro animal en otro balcón, lo cual suponía que habría de ser un gato. El otro gato le maullaba y ella le maullaba de regreso. El otro gato había vivido en otra parte y le contaba sobre el mundo. Al escuchar al gato vecino describir el mundo a nivel de la planta baja se entusiasmó mucho, y le dieron hartas ganas de ir a verlo de cerca.

Pero los humanos jamás la llevaban cuando salían. Cada día se iban y tardaban una eternidad en regresar. Una vez, ¡aun la dejaron sola toda una noche! Esto, como es de entender, la desconcertó mucho, causando que rasguñara el sofá y que tumbara el bote de basura. Cuando los humanos regresaron, al fin, le regañaron, y ella se puso triste. Ella no merecía eso. Los humanos no la hubieran dejado solita tanto tiempo, pensó.

El día siguiente, trató de escaparse. Los humanos habían abierto la puerta, y ella saltó al pasillo, pero los humanos la alcanzaron porque no había dónde esconderse. Desde el intento de escaparse, los humanos se aseguraban de no dejar la puerta abierta. Seguía esperando el momento oportuno, pero los humanos estorbaban su paso.

Livia contemplaba la avenida allá abajo donde todo parecía tan chico.

Los humanos se habían ido dejándola sola otra vez. No le agradaba en absoluto que la dejaran solita. Acurrucada sobre el balcón, Livia pensó, ¿Por qué me tengo que quedar siempre encerrada y aburrida mientras los humanos tienen la libertad de irse y venir cuando se les dé la gana?

Miraba hacia abajo, hacia la avenida llena de vida con añoranza. Todo se veía tan chico. ¡Cómo le gustaría correr tras esos objetos tan pequeños y coloridos que pasaban por allí al nivel de la planta baja. No tenía noción del tamaño actual de los autos desde allá arriba. Parecían muy chicos y suponía que serían fáciles de cazar. No le quedaban presas en el departamento, hacía tiempo que había cazado el último ratón.

Era una gata burmesa viviendo en el décimo piso de un departamento neoyorquino. No sabía que vivía en el décimo piso porque no sabía contar – los gatos generalmente no estudian la aritmética - tampoco entendía lo peligroso que sería correr tras los objetos coloridos zumbando por la calle abajo. Los humanos la habían traído a este lugar hace mucho tiempo cuando apenas era una gatita pequeña. No se acordaba de ningún otro lugar. Su mundo entero consistía en el departamento de tres recámaras donde los humanos la tenían.

# ¡Allí estás!

*Las travesuras de una gata mimada*

**Escrito por Lenard Davis**

**Ilustraciones de Lynn Brown y Jasmine López**

**Traducido por Jaimeson Sonne**

**Redactado por los alumnos de Beth Taylor**

**De la escuela primaria, Phelan, California**

*AuthorHouse™*
*1663 Liberty Drive*
*Bloomington, IN 47403*
*www.authorhouse.com*
*Teléfono: 1 (800) 839-8640*



*Este es un libro impreso en papel libre de ácido.*

*ISBN: 978-1-7283-2583-5 (tapa blanda)*
*ISBN: 978-1-7283-2584-2 (tapa dura)*
*ISBN: 978-1-7283-2582-8 (libro electrónico)*

*Numero de la Libreria del Congreso: 2019913180*

*Información sobre impresión disponible en la última página.*

*Publicada por AuthorHouse 09/11/2019*

authorHOUSE®